Büttner/Schütt

Krampflos in die nächste Runde

Sportverlag Berlin

Henry Büttner Hans-Dieter Schütt

Krampflos in die nächste Runde

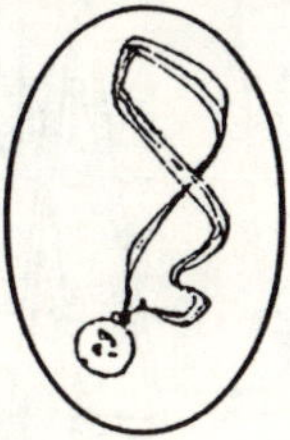

Eine Trilogie der Leidenschaften

Kopfballtraining

VOR-WORT

I

Henry Büttner geht an den Start und bittet um Unruhe. Der Sport mit seiner unlösbaren Beziehung zur Disziplin, zu den rituellen Abfolgen einer unwandelbaren Logik bietet diesem zeichnenden Nachfahren des Karl Valentin die große Chance: eben gegen äußere Logik zu opponieren, den Körper des Menschen in Widerspruch zu bringen zu sehr eigenwilligen Gedanken, die in Köpfen unter zumeist runden Hüten entstehen.

Bei Büttner scheitern die Sportler nicht an der Tücke des Objekts, wohl eher scheitern alle Gerätschaften und Regeln an der Tücke des jeweiligen Subjekts. Der Narr besteht die Qualifikation für die olympische Bewegung; und wer der Büttnerschen harten Realität des Leistungssports scharf ins Auge blickt, dem dürfte nicht entgehen, daß sie mit dem anderen immer ein bißchen zwinkert.

Der unvergleichliche Reiz des philosophischen Programms eines Henry Büttner entsteht aus den sich überschlagenden Signalen alltäglichen Zusammenlebens, aus der lustbringenden Entschlüsselung der von ihm mutwillig verdrehten, verzerrten, verballhornten sportlichen Situation. Der vorgeführte Un-Sinn, das macht seine Größe aus, zwingt uns den Vergleich mit der eigenen Erfahrung auf. Das ist amüsant. Spannend und entlarvend ist es auch.

Das Groteske geschieht bei Büttner beiläufig, das verleiht dem Ganzen einen feinen Hauch von Unheimlichkeit; dem Lachen sind die Widerhaken schon angeknüpft. Vieles rechnet mit dem Effekt des Wiedererkennens – der rasch erzielt ist, um die Dinge dann furios auf die Spitze zu treiben, um die Bewandtnisse kippen zu lassen, um mit dem Betrachter spielen zu können, wie es die gewieften Narren mit ihren Königen getrieben haben.

Büttner, der Menschenbildner aus dem sächsischen Wittgensdorf, ist kein Richter, kein moralisierender Bewerter, ethischer Beckmesser schon gar nicht. Er ist mitfühlender Beobachter, der dem Don Quichotte ebenso Gerechtigkeit widerfahren lassen möchte wie den Windmühlen. Am weißen Zielband interessiert ihn derjenige, der kurz davor abdreht; Liebe und Ehe sind ihm ein lebensbestimmender Zwei-Kampf, mit leichten Vorteilen für SIE, mit unverhohlener Sympathie und mitfühlender An-Teilnahme für IHN.

Alfred Polgar schrieb einmal über Karl Valentins Humor, der sei eine vertrackte Mischung aus Tiefsinn und Schwachsinn. Er präsentiere „die geschickte Ungeschicklichkeit des dummen August, eine Schulbubenlust an üblen Streichen, ein kostbares Phlegma der Narretei ... und dem Schalk sitzt die Melancholie im Nacken“.

Seht euch diesen Büttner an!

II

Wie zeichnet einer, der ein genauer Kenner Thomas Manns, Fjodor Dostojewskis und August Strindbergs ist? Welchen Humor hat jemand, dessen geringes Bedürfnis nach Geselligkeit beinahe schon berüchtigt ist? Welche Botschaft vermittelt einer, den es einst mehr zu Bildern Edvard Munchs oder Oskar Kokoschkas zog?

Henry Büttner ist der Schöpfer eines markanten Zeichenstils, bei dem Genauigkeit und Skizzenhaftigkeit eine spannungsvolle Partnerschaft eingehen. Körperliche Vergröberungen und leibhaftige Spitz-Findigkeiten bilden einen geradezu

aufrührerischen Gegensatz zu genau erfaßten gegenständlichen Details. Da kennt sich einer aus in dem, was er ins Bild setzt, und ebenso in dem, was er wegläßt.

Das Tragikomische der Figuren Büttners erwächst im Ansatz bereits aus deren Äußerlichkeit, aus dem Gestus ihres Auftretens. Es ist dies die Provokation durch das Konservative. Anzug, Schlips, Hosenträger, runder Hut; alles Gestreifte und Geblümte wirft sich ins vergebliche Gefecht. Die Helden werden immer länger und steifer, die Köpfe immer kleiner, die Turnhosen immer wei-

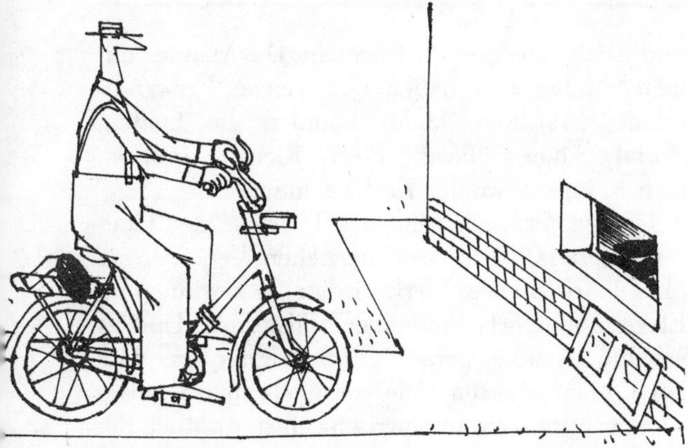

ter, Brillen und Schnürsenkel werden zu Auslösern einer sich ins Unfaßbare steigernden Dramaturgie.

Dabei ist der sanfte Sachse nach eigenen Aussagen mehr Humorist als Satiriker. Dem Feinen seines Strichs entspricht das Feinsinnige seiner Welt-Anschauung. Dem Blick für das Wesentliche zugeordnet sind Büttners ausgesprochenes Gespür für künstlerisches Maß und ein, wie er sagt, „innerer Widerstand“ gegen die Farbe. Seine Schwarz-Weiß-Zeichnungen sind ein deutliches Verteilen von Licht und Schatten; das Spröde und Eckige melden ihr Recht an. Die Männer mit dem runden Hut haben eine reiche Verwandtschaft; Monsieur Hulot könnten sie heißen, Woody Allen vielleicht, Pierre Richard und, natürlich, immer wieder Karl Valentin.

Unsere Auswahl zeigt das Typische der Figuren Büttners in der zeichnerischen Veränderung über Jahre hinweg. Merkwürdig: Sie gewinnen an Eleganz mit fortschreitender Stilisierung. Und es scheint, als sei es gerade der Sport, der den Witz am prägnantesten hervorzukehren vermag. Tempo reibt sich an störrisch-selbstbewußter Beharrung; Dynamik wird von ungelenkem Zögern gestoppt; die Spielregeln geraten ins besondere Licht durch den, der sie verletzt.

Henry Büttner ist ein disziplinierter, sich selbst gegenüber sehr strenger Arbeiter. Täglich drei Zeichnungen sind das Pensum. Hinzu kommt ein „krankhaftes Sicherheitsbedürfnis", das ihn dazu bewog, eine Reserve von etwa 1000 Zeichnungen anzulegen. Falls eines Tages die Ideen ausgingen.

Aber Henry Büttner, ich denke, Sie machen nur gute Witze?

III

Die Kuriosa im Leben des Henry Büttner. Die Zerstreutheit beim Autofahren, mit der er es in 13 Jahren auf ganze 13 000 Kilometer brachte. Seine Lärmempfindlichkeit, die ihn zum permanenten Ohropax-Verwender erhob. Seine panische Angst vor verstopften Abflußrohren und allen Arten familiärer Feierlichkeiten. Sein Vertrauen in die Menschen, das sich am augenfälligsten darin zeigt, daß der Zeichner seit Jahr und Tag seine kleinen Kunstwerke auf normalstem Postwege – nicht mal per Einschreiben – in die Redaktionen und Verlage schickt. Auch die vorliegend gesammelten Karikaturen flatterten derart „ungesichert" auf den Tisch des Lektors im Sportverlag – verbunden mit der natürlichsten Hoffnung, die Büttner wohl hat: daß nichts verlorengeht, daß Unbrauchbares zurückgesandt, Nützliches entsprechend verwendet wird.

Apropos Karikaturen. Büttner selbst sagt, seiner Sinneslage entspreche nicht das Aggressive, das politisch Direkte, nicht jenes unmittelbar Zeitgeistige, das sich für ihn mit dem Begriff der Karikatur verbinde. Er neige mehr zum stillen Philosophieren, zu einem Humor, der seine Chancen

realer Veränderung zu relativieren vermag: „Man sollte die Wirksamkeit nicht zu hoch ansetzen. Die meisten schmunzeln oder lachen – und sagen sich dann: Es sind ja sowieso die anderen gemeint." So Henry Büttner in einem Interview mit der Zeitung Junge Welt.

Was mag Henry Büttner am Sport gereizt haben, daß sich damit weit mehr Bände füllen ließen als hier möglich ist? Ich könnte mir vorstellen, es ist die Kehrseite der vielen Medaillen – die immerhin ist dem Herzen näher.

In einem Brief schrieb mir Henry Büttner: „Sportwitze zeichne ich um der thematischen Abwechslung willen, und weil Sport eine besonders augenfällige Form von Selbstbestätigung und Selbstverwirklichung gegenwärtiger Menschheit zu sein scheint. Individuelle Komik, Zwischenmenschliches, Psychologisches gar ist mir dabei wichtiger als der Sport selber. Es wird Sie nun weiter nicht verwundern, wenn ich Sie davon in Kenntnis setze, daß ich persönlich nichts betreibe, was man als richtigen Sport bezeichnen könnte. Aus Gesundheitsgründen fahre ich jedoch gelegentlich bis zu zwei Stunden mit dem Fahrrad – wobei mich die Berücksichtigung der jeweiligen Verkehrssituation furchtbar stört –, und obendrein mute ich mir täglich etliches an Kniebeugen, Rumpfbeugen, Liegestützen, Armeschlenkern usw. zu. Allerdings bin ich mir dabei selber fremd.“

Was müssen das für Menschen sein, die über Büttners Welt nicht lachen können!

Natürlich nicht laut und schallend, sondern darüberstehend, etwa fast so wie die Mona Lisa …

Hans-Dieter Schütt

Krampflos in die 1. Runde

Gedulds-Spiele • Kinder-Spiele
Liebes-Spiele

Gedulds-Spiele

„Nun hast du dich aber lange genug konzentriert!“

Makkaroni

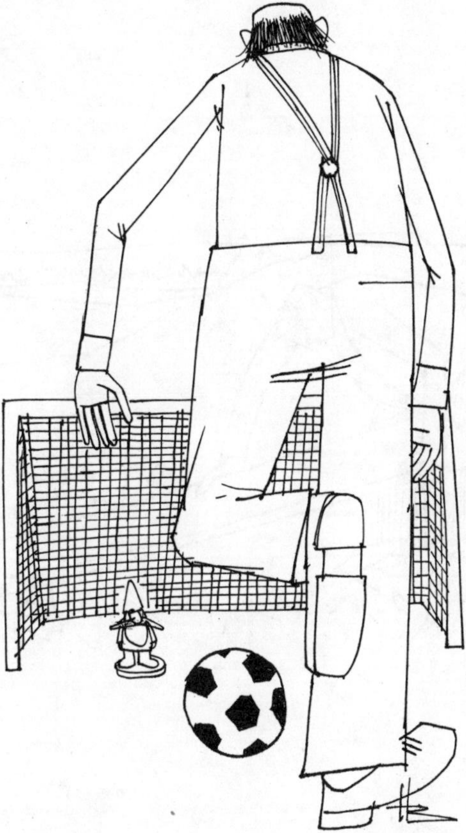

19

ZIEL

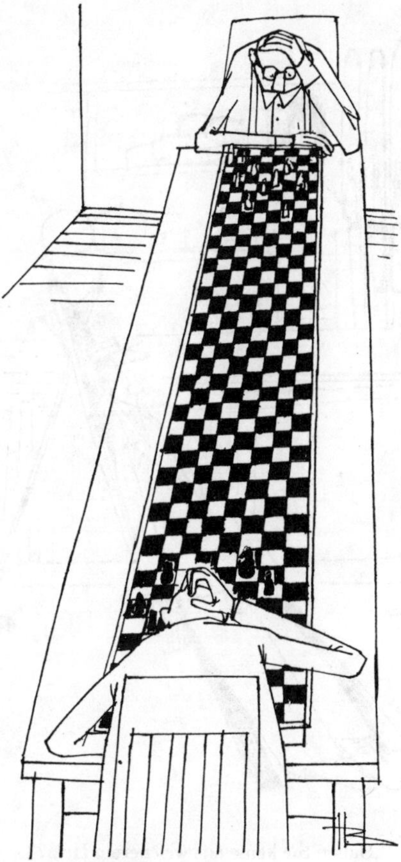

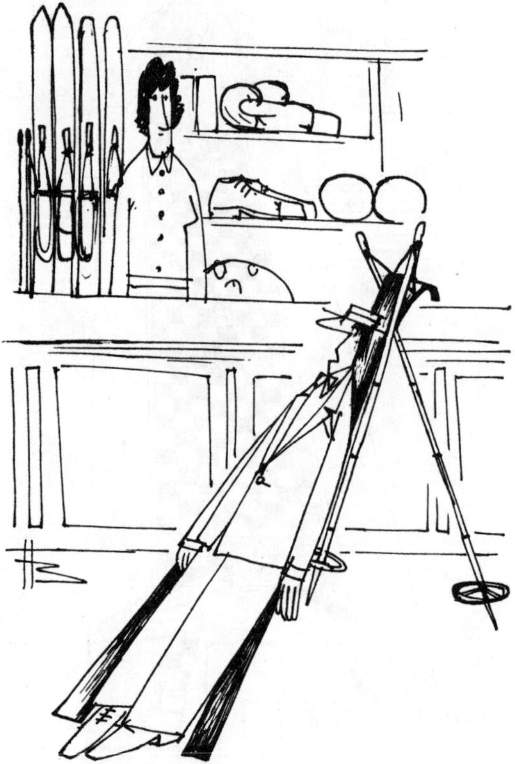

„Haben Sie keine aus weicherem Holz?“

„Mein oberstes Prinzip:
Während des Sprunges wird nicht geraucht!“

stadion
KASSE

Nichts ist flüchtiger als das Wort.
Kein Wunder, unser Drang nach großen
Reden kennt keine Grenzen.

Wer heutzutage keinen Sport treibt,
kriegt vom Leben beizeiten sein Fett ab.

Breitensport — noch nie traf dieser
Begriff so genau die Wahrheit wie heute.

Politik schnitzt sich ihre
Pfeile aus jedem Holz.

Da ist einer weg vom Fenster?
Hat er also endlich aufgehört, die Welt
von oben herab zu betrachten?

Der Mensch ist das Maß aller Dinge.
Was denn, wieder nur einer?

Betonwüsten sind wirklich unerträglich.
Nirgends kann man mehr
den Kopf in den Sand stecken.

Marx hatte schon recht: Es ist niemals
das Bewußtsein, das unser Sein bestimmt.
Nehmen wir nur das Umweltbewußtsein.

Vielleicht wollten einige nur deshalb
ausreisen, weil wir ihnen zu
früh den Paß gaben. Den Laufpaß.

Wo alles am Boden liegt,
ist es keine Leistung,
auf der Höhe der Zeit zu sein.

Immer stand der DDR-Bürger
mit beiden Beinen fest im Leben.
Weil er nicht ausreißen durfte.

Einem Rebellen gegen die Bürokratie:
So, nun bist du also mit dem Kopf
durch die Wand.
Und was willst du im Büro nebenan?

Bei den wenigsten Gefängnissen
sieht man die Gitter.

Welch stolze Erkenntnis: Die anderen kochen auch nur mit Wasser. Und ich dachte immer, auf die Zutaten kommt es an.

Wer immer mit dem großen Strom
schwimmt – vielleicht hat er
nur Sehnsucht nach dem Meer?

Er benötigte keinen festen Standpunkt.
Er saß fest im Sattel.

Es macht wenig Sinn,
Kommuniqués zu verabschieden.
Die kommen immer wieder.

In vino veritas? Wie soll man da noch
jemandem reinen Wein einschenken?

Wenn das kein Beweis für
wachsenden Gemeinschaftssinn ist:
Bei uns sind immer mehr Menschen
auf Suche nach guten Beziehungen.

Erst die Furcht läßt Gefürchtetes
wahr werden. Das bleibt die
große Chance der Freiheit.

Vor dem Gesetz sind
alle gleich. Dahinter sieht
die Sache schon anders aus.

Den Einsamsten frag, was Liebe ist.

Traditionen: So nennen wir das System,
mit dem wir verhindern,
daß unsere Kinder uns übertreffen.

Ist das schon Demokratie,
wenn alle unter
dem gleichen zu leiden haben?

Sisyphos hat sich qualifiziert:
Er wälzt Probleme ab –
auf andere.

Größe beginnt dort,
wo die Anmaßung fehlt.

Er tat nichts. So geriet er
in Verdacht, alles zu können.

Wer alles schluckt, verzehrt sich selbst.

Im Sozialismus gehörte alles dem Volk.
Einige zogen daraus den Schluß,
sich alles 'rausnehmen zu dürfen.

Der Mensch ist die Summe seiner Taten.
Was da so an Nullen herumläuft.

Mit manchen Persönlichkeiten
ist es wie mit Büchern im Regal:
Die am höchsten stehen,
werden am wenigsten gebraucht.

Sie liefen und liefen und liefen
und sahen noch immer nichts vom Gipfel.
Bis sie endlich merkten,
daß es in die Tiefe ging.

So mancher, der anderen zeigt,
wo der Hammer hängt,
hat selber noch nie einen Nagel
auf den Kopf getroffen.

Das ist Gerechtigkeit:
Schmerzen im Rückgrat spürt
auch der, der keins hat.

Ein freier Geist
nimmt sich auch Freiheiten
gegenüber der Freiheit heraus.

Die Sonne lachte. Da zog er seine
Badehose schnell wieder an.

Ist das Ihr ganzes Gepäck?
fragte der Beamte.
Ich hielt ihm meinen Kopf hin.

Ich bin ganz Ihrer Meinung!
sagte der Opportunist.
Das hat sie nicht verdient,
erwiderte ich.

Er nahm an einer Sitzung teil.
Er wußte: Nichts kommt dabei heraus.
Nicht einmal dieser Satz
würde dabei herauskommen.

Es ist sehr schwer,
unbeirrt den eigenen Weg zu gehen.
Ich kann mich doch nicht
fortwährend ändern.

Nach intelligenten Lebewesen
suchen wir immer im All.
Warum nicht auf der Erde?

Kinder-Spiele

„Wann wirst du es dir endlich merken, daß er beim Silvesterprogramm nicht gestört sein will!“

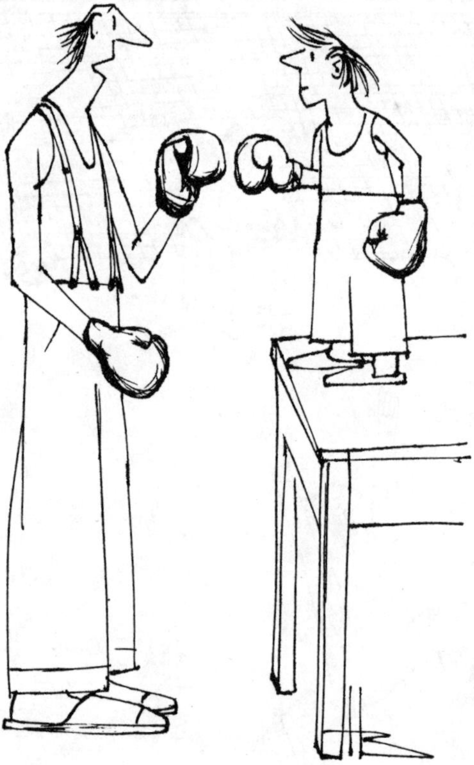

„Aber langsam zuhauen, ich kauf' dir nächstes Jahr nicht schon wieder neue Boxhandschuhe!"

„So, nun ist es genug, sonst wacht Papi noch auf!"

„Jaja, ich werde versuchen,
die Kegel heute noch aufzustellen!"

„Willst du nicht endlich bekanntgeben,
daß wir seine Großeltern sind?!"

Das Kinderspiel „Blindekuh“
bereitet nicht gerade auf
den notwendigen Umgang
mit der Gerechtigkeit vor.

Was beim Kind noch auf
Biegen geht, geht bei vielen
Erwachsenen nur noch auf Brechen.

So was kennen wir von früher her nicht,
sagen die Eltern voll Sorge.
Von daher kennen wir's auch nicht,
antworten ebenso sorgenvoll die Kinder.

Wer Unrecht getan hat,
erhält einen Verteidiger.
Hält ein Mensch sich ans Recht,
ist er oft allein.

Das mag schon stimmen
mit den Raumschiffen
und der Lichtgeschwindigkeit.
Aber Nachbars Kind kann
minutenlang auf Händen laufen.

Das beste Ergebnis seiner Erziehung:
Er konnte von seinen Kindern lernen.

Man kann nicht alles wissen.
Aber wie das Leben zeigt,
kann man über alles belehrt werden.

Wieviel man doch sagen muß,
um dann erhört zu werden,
wenn man endlich schweigt.

Am leichtesten verzeihen wir denen,
die sich vor uns fürchten.

Erfahrung aller Schulabgänger:
Die Wahrheit ist nicht mehr das,
was die bessere Zensur bringt.

Daß ich so wenig gelernt habe, liegt daran,
daß ich die besten Lehrer hatte.

Du hattest plötzlich einen Gedanken?
Was fällt dir ein?

Das Leben ist der einzige Grund zu leben.
Alle anderen Gründe
sind nachträglich erfunden worden.

Ich bin für unser Sonnensystem.
Es ist doch das größte!

Falsches Wissen macht zwar dumm,
aber falsche Gewißheit macht gefährlich.

Wir machen Fehler aus Versehen.
Die anderen — aus Prinzip.

Was einer kann, lernt er nicht vor,
sondern während der Prüfung.

Wir können kaum erwarten,
daß unsere Kinder zu sprechen beginnen.
Damit wir sie lehren können zu schweigen.

Mach dich nicht zum Abziehbild.
Sonst wird dir beizeiten
die Haut abgezogen.

Er ist ein sauberes Früchtchen;
schon mit allen Wassern gewaschen.

Alles auf sich sitzen lassen — das erst
ergäbe die Haut, die unverwundbar macht.

Er vertrug jede Art von Kritik
an seiner Arbeit.
Wenn sie nur positiv ausfiel.

Als Kind hatte er Angst davor,
die Augen zu schließen,
als Erwachsener, sie zu öffnen.

Ein neuer Besen kehrt gut.
Aber wie viele Borsten muß er haben,
damit man ihn für voll nimmt?

Er hat ein Brett vor dem Kopf.
Stimmt, astrein ist er nicht.

Wer A sagt,
muß auch B sagen?
So bringt man Menschen
zum Schweigen!

In der Jugend weiß man noch nicht,
was die Freuden wert sind,
im Alter nur noch, was sie kosten.

Wo alles verkehrt ist,
ist logischerweise nichts verkehrt.

Es hat keinen Sinn,
aus eigenen Fehlern zu lernen.
Die Schule hätte ja nie ein Ende.

Das Leben lehrt beizeiten:
Es ermüdet mehr,
auf Gummi zu beißen,
als auf Granit.

Liebes-Spiele

2
1
3

Tor!

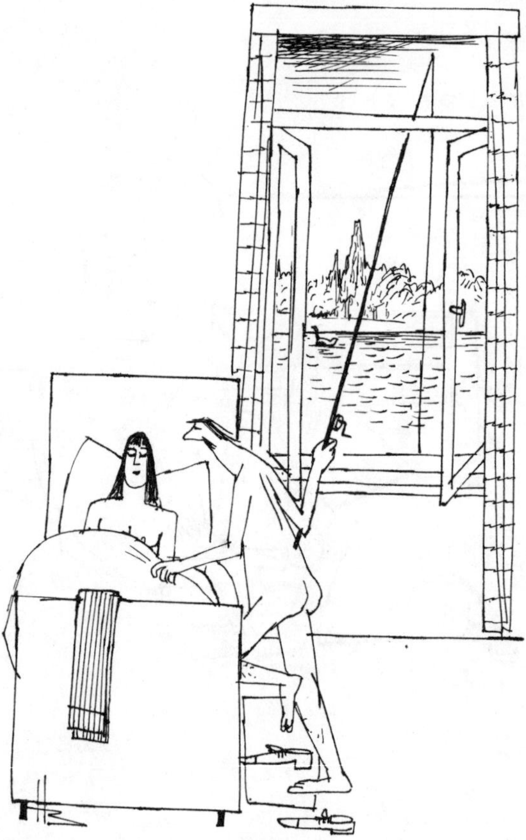

Tele-
gramm

RRRRRRR

I

II

III

Viele Enttäuschte wollen
hereingelegt worden sein.
Um nicht zugeben zu müssen,
daß sie falsch entschieden haben.

Nur in einer ernsthaften Ehe quietschen
die Betten vor Vergnügen.

Ich entschloß mich,
der Wahrheit in die Augen
zu sehen. Sie senkte den Blick.

Solange man einen Schatten spürt,
ist man nicht im Dunkeln.

Wie stolz das klingt:
ein aufrechter Mann! Dabei hat er sich
bloß auf die Hinterbeine zu stellen.

Wer eine Gefolgschaft haben will,
muß schneller fliehen als die anderen.

Das Weib ist
die Krone der Schöpfung.
Sagte er und fügte hinzu:
Allerdings nur,
solange der Mann sie trägt.

Den Grad der Intelligenz eines Mannes
erkennt man auch daran, wieviel
Intelligenz einer Frau er aushält.

Wenn zwei sich
lieben –
schämt sich der dritte längst nicht mehr.

Wo Weinen ist, ist auch Lachen.
Daher lachen wir so viel.

Recht hat, wer recht behält.
Und so sieht es denn auch aus.

Auch in der modernen Ehe
besteht die Hauptaufgabe
der Frau in der Selbstaufgabe.

Ein Mann, der alle Frauen fesselte.
Aber nicht eine einzige
verstand er zu binden.

Nein, sagte sie, nie hat er mich
auf eigenen Füßen stehen lassen.
Stimmt, sagte er,
immer habe ich sie auf Händen
getragen.

Mitunter muß man alle fünfe auch mal
ungerade sein lassen.

Sie verstanden einander bestens.
Denn ständig redeten sie
aneinander vorbei.

In der Liebe
überschätzt man
den anderen
in dessen wahrem
Wert.

Aus manchem Prügelknaben
wird später
schnell ein prügelnder
Erwachsener.

Der Mensch ist das einzige Tier,
das zur Schönheitspflege
einen Spiegel benutzt.

Manche Menschen geben
eigentlich nie Widerworte.
Sie möchten nur das letzte Wort haben.

Er durfte sich zu den
mündigen Bürgern zählen.
Er hielt den Mund.

Der Mensch braucht
ein hellhöriges
und ein taubes Ohr.
Nur verwechseln
darf er beide nicht

Wer vorschlägt,
daß mit offenen Karten gespielt wird,
hat gewöhnlich alle Trümpfe
in der Hand.

Wer immer recht haben will,
muß oft seine Meinung wechseln.

Die Wahrheiten
eines Menschen?
Seine Irrtümer!

Gold rostet nicht. Trotzdem halten
manche Eheringe nur kurze Zeit.

Gibt man mancher Frau
den kleinen Finger,
nimmt sie die ganze Hand –
eines anderen.

Ich habe viel hinter mir!
Signalisiert da einer,
daß er sich nichts mehr
vormachen will?

Am nüchternsten sind wir
in dem Moment,
da uns einer reinen Wein
einschenkt.

Frage des verheirateten Hamlet:
Heim oder nicht heim?

Wir brauchen dringend Träume.
Erheben wir den Schlaf
zur großen Idee.

Du traust mir, ich traue dir.
Alles zu.

Laut rief er:
Alle Menschen sind gleich!
Leise fügte er hinzu:
Mir jedenfalls.

Lebenskunst?
Das ist oft nur
Lebenslüge
auf Stelzen.

Man ist das Produkt
seiner Wünsche
in dem Maße,
in dem dieselben
nicht in Erfüllung gehen.

Krampflos in die 2. Runde

Schau-Spiele • Hör-Spiele
Heim-Spiele

Schau-Spiele

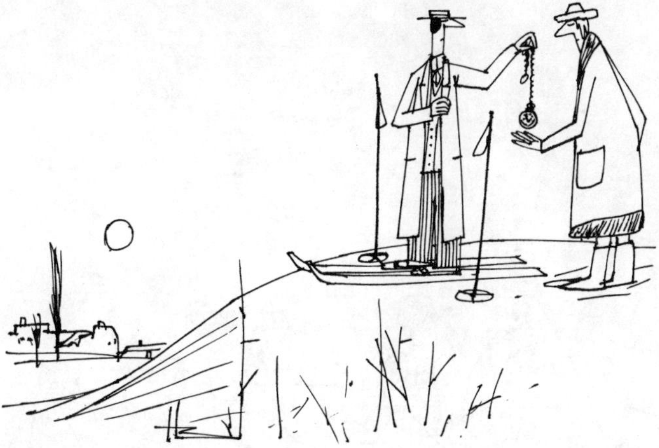

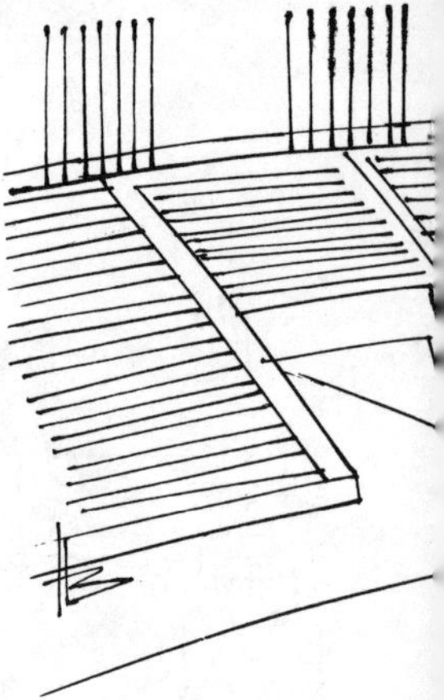

I

II

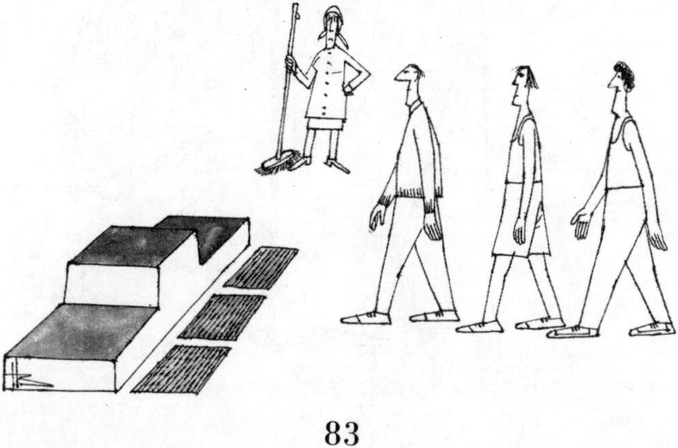

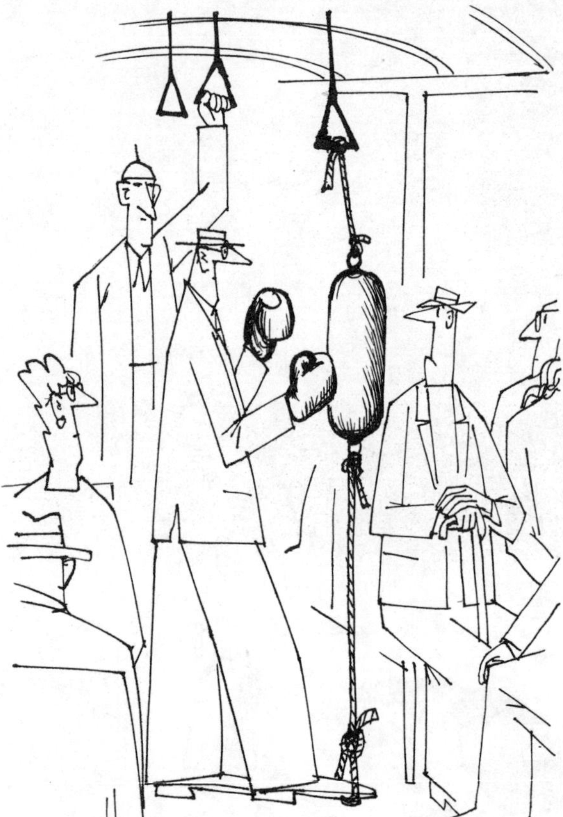

„Voriges Jahr ist sie viel höher gesprungen, wenn ihr Mann ein Tor geschossen hatte!“

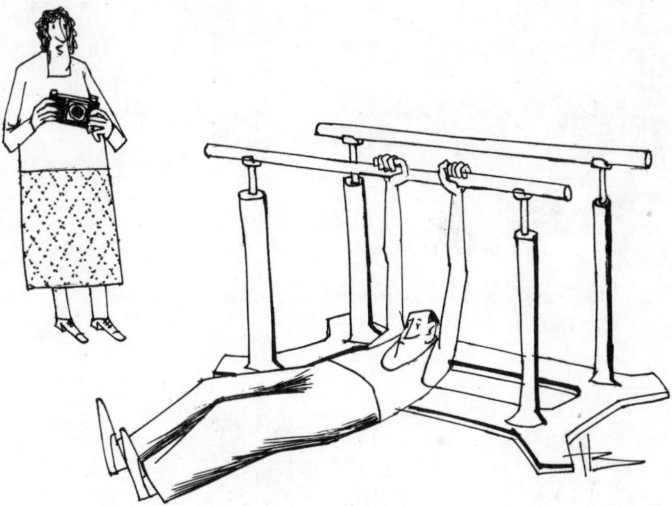

„Aber schön die Knie durchdrücken!"

„Wenn Tante Lieselotte nicht bald kommt, fahr ich los!“

„Vor Neugierigen spiele ich nicht!“

„Mensch, Krause! Sieht man dich auch wieder-mal!“

Warum über Abgründe Brücken schlagen,
wenn sie umgangen werden können?

Mittelmaß: ältestes Metermaß der Welt.

Ich bin ein Versager – jammerte einer,
der Vierter von hundert wurde.

Pantoffelhelden überleben auch
ohne Denkmal.

Statt „Ich“
sagen Herrscher gern
„das Volk“.
So entschuldigen sie
ihre Taten.

Der Ruhm ist vergänglich.
Aber die Namenlosigkeit bleibt dir immer.

Freiheit ist die Fähigkeit,
eine Wahl zu treffen,
deren Gefangener man hinterher ist.

Asketen sind maßlos im Maßhalten.

Mut tendiert zu Gipfel oder Abgrund.
Nur Gleichmut ist eben.

Bei manchem,
was jetzt enthüllt wird,
kommt zwar noch nicht
die Wahrheit ans Licht,
aber doch immerhin
schon die Wirklichkeit.

Wenn du einen klaren Kopf behältst,
während jeder um dich herum ihn verliert,
bist du einfach nicht
auf der Höhe der Zeit.

Die Unlösbarkeit eines Problems zu
erkennen, gilt leider nicht als intelligent.

Auch Kleingeister haben ein Großhirn.

Nicht jeder, der einen Vogel hat,
ist ein Star.

Plötzlich stoppte der Läufer vor dem Ziel.
Er war seiner Zeit voraus.

Verehrung gibt einen Menschen
in Überlebensgröße wieder.

Bescheidene Menschen freuen sich
über alles – sogar über nichts.

Die Zügellosen sitzen oft
sehr fest im Sattel.

Natürlich gibt es unbestechliche Menschen.
Das sind die, von denen nichts abhängt.

Ein Lebenskünstler möchte nie
vollkommen glücklich sein.
Immer nur beinahe.

Wir fiebern der Zukunft entgegen.
So daß sie fröstelt.

Wahrheit siegt nicht mehr.
Sie formuliert nur um.

Einer holt beim Wettkampf
das Letzte aus sich heraus.
Und das in aller Öffentlichkeit!

Es gibt Leute, die leben so vorsichtig,
daß sie wie neu sterben.

Das Volk stand bei uns
fest hinter der Staatsmacht?
Ja, wie angewurzelt.

Leute mit Verdienstkreuzen
erinnern mich an Friedhöfe.

Es gibt zwei Arten
von Menschen:
Versager und Unbekannte.

Mit Glanz kann man Leute
hinters Licht führen.

Die eigene Meinung
gehört zu den vielen Dingen,
die man immer haben,
aber nicht immer
benutzen darf.

Eine Methode der Kritik:
eine Gans so zu rupfen,
daß sie ihren Schwanengesang singt.

Die den Kurs bestimmen, sagen:
Wir sitzen alle in einem Boot.

Mancher Schwarzmaler ist nur
ein verhinderter Schönfärber.

Das Selbstbewußtsein ist
in den meisten Fällen
eine Spur größer als das Selbst.

Auch interessante Selbstgespräche
setzen einen klugen Partner voraus.

Hohlköpfe haben ein großes
Fassungsvermögen.

Hör-Spiele

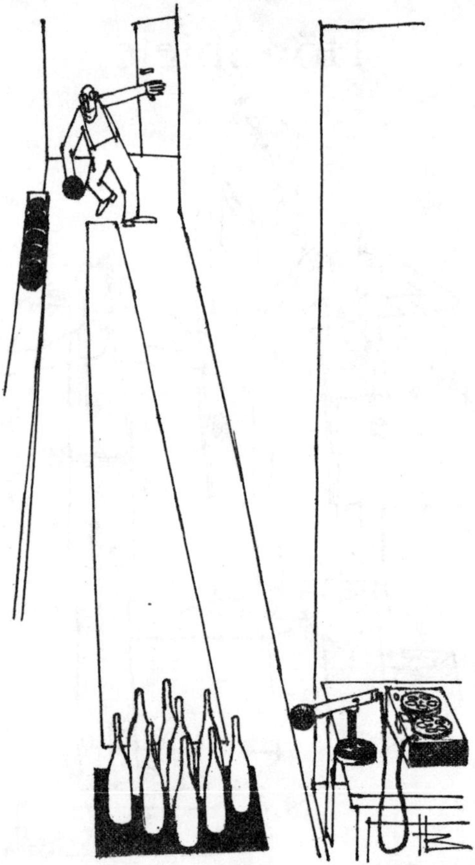

„Hat zufällig jemand einen Gong bei sich?“

Wer erst einmal im Gespräch ist,
kommt auch schnell ins Gerede.

Konflikte sind dazu da,
daß man sie vermeidet.

Seltene Menschen werden immer rarer.

Konflikte mit der Wahrheit
nehmen ab, je mehr diese
außer Hörweite gerät.

Einer spitzen Zunge wird man nicht Herr,
indem man sie wie
illegalen Waffenbesitz behandelt.

Das Gehirn des
wahren Philosophen
steckt in seinem Ohr.

Alles hat seine Vor- und Nachteile.
Auch das Gegenteil.

Vor den Flachheiten eines Menschen
sollte man sich mehr hüten
als vor seinen Ecken und Kanten.

Selbst der größte Pedant
kann nicht immer aufgeräumt sein.

Gewisse Gedanken machen
vor keinem Zaun halt.
Sie liegen in der Luft.

Wort halten!
Es reichte ja schon,
wenn mancher Politiker
darunter verstünde,
seine Zunge zu hüten.

Mitunter scheint der Phantasie
nichts mehr zu schaden
als eine gesicherte Existenz.

Dialektik:
Über jede Sache gibt es zwei Ansichten –
eine falsche und unsere.

Die stillen Wasser
sind oft –
nur stille Wasser.

Achtung!
Vor den meisten Sackgassen
stehen keine Hinweisschilder.

Moderner Ersatz
für die innere Stimme:
der Walkman.

Nicht der Mensch,
sondern das menschliche
Wahrnehmungsvermögen ist
das Maß aller Dinge.

Wer eine falsche Meinung teilt,
kommt auf einen schlechten Nenner.

Von allen Stimmen,
die aus ihm sprachen,
war seine eigene
die schwächste.

Selbstverwirklichung ist oft genau
das Gegenteil von Selbstlosigkeit.

Ich bin mit meinem Gedächtnis
sehr zufrieden.
Nichts kann ich mir merken.

Schlimmer als üble Nachrede
kann übles Nachschweigen sein.

So mancher wurde totgeschwiegen –
hinter vorgehaltener Hand.

Sprachlosigkeit bringt Mißklang
in so manches Schweigen.

Der eine besticht durch Brillanz,
der andere brilliert durch Bestechlichkeit.

An allem
ist der Mensch selber schuld.
Warum mußte er sich auch
einen Kopf aufhalsen?!

Verlier nie dein Gefühl für den Humor.
Stell dir vor, dein Feind findet es.

Lange Zeit eine der
deutschesten Regeln:
Träumst du von der Obrigkeit,
dann verlaß eine Woche lang
nicht deinen Mund.

Wann endlich schreit der
Stein,
den man nach
Menschen wirft?

Die wahre Revolution:
Der Aufstand des Grases.
Er geschieht unbemerkt.

Das kann doch nicht wahr sein!
Doch, es ist ein Gerücht.

Heim-Spiele

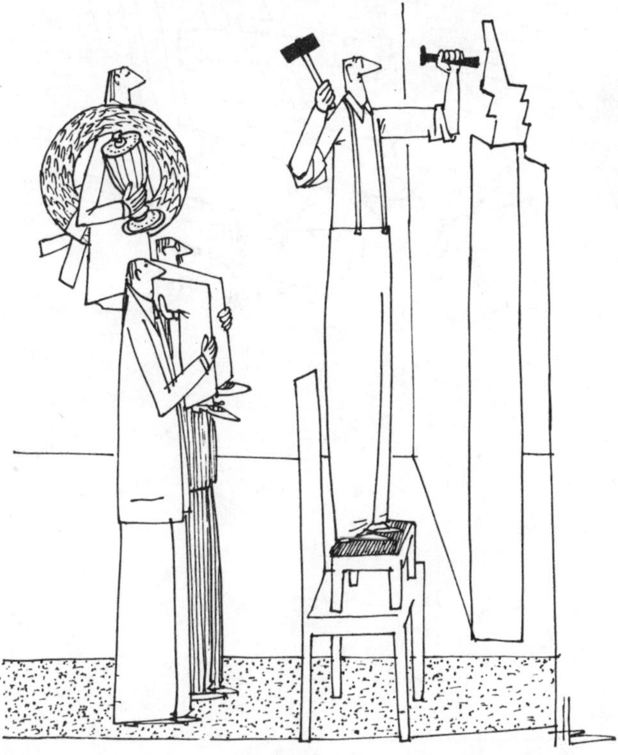

„Bin neugierig, wann du deine Skier mal wegräumst!“

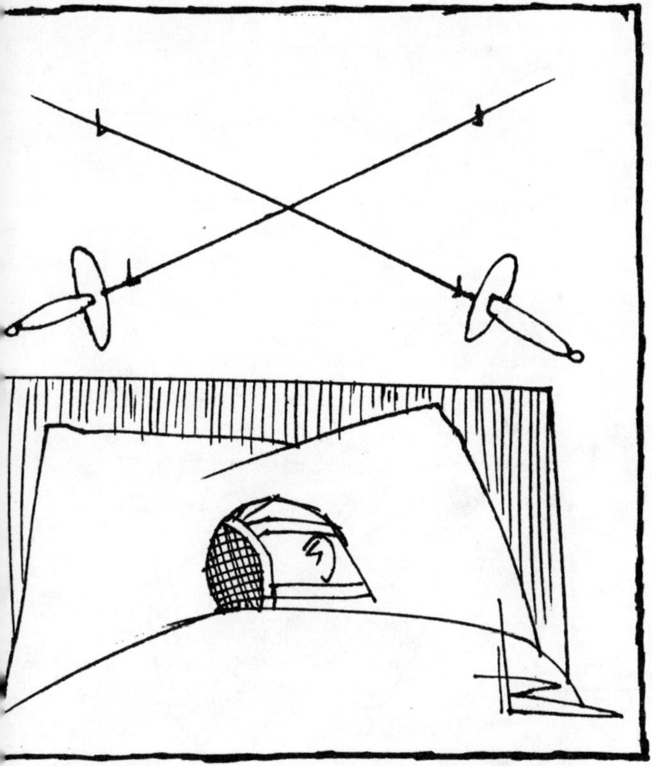

ZIEL

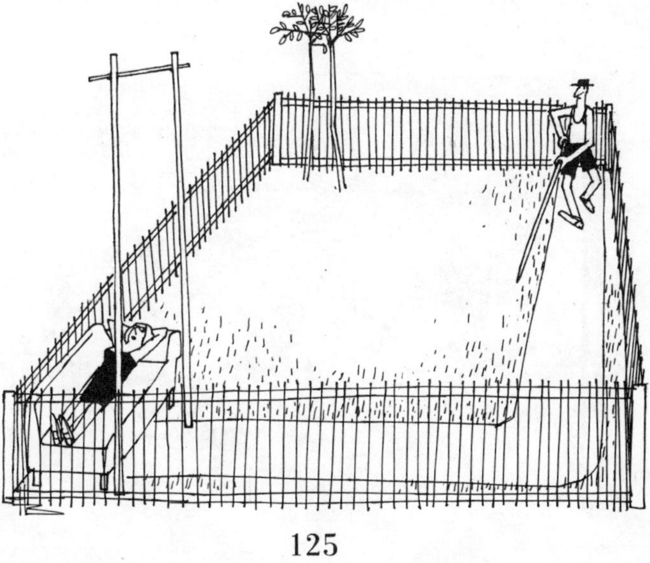

Kegelbahn

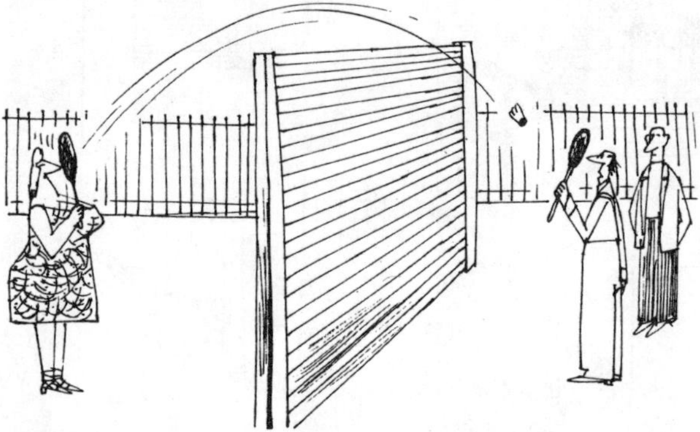

„Wenn ich Sie sehe, kann ich mich nicht aufs Spiel konzentrieren!“

„Lachen ist schon auch gesund, aber nicht so gesund wie Sport!“

Charme setzt stets kleine Fehler voraus,
die man überdecken möchte.

Wenn man den Zeigefinger
auf andere Leute richtet, weisen die
übrigen Finger auf einen selbst zurück.

Nicht, daß er angekettet war,
machte übrigens Prometheus aus.

Nicht nur bei Rückzügen,
auch wenn's vorwärts geht, muß man
alte Standpunkte aufgeben.

Altkluge Kinder sind unangenehm.
Noch unangenehmer sind altjunge Greise.

Blaue Flecken können bedeuten:
Man ist auf Gegenliebe – gestoßen.

Hausfrau:
Überfordert in der Pflicht,
unterfordert in der Leistung.

Warum wohl ist der Lorbeer
zum Symbol ewigen Ruhmes geworden?
Er hat die Mitte zwischen
Küche und Olymp gefunden.

Er zeigte sich aufgeschlossen – und
überließ ihr die Schlüsselgewalt.

Auch der Schwachsinn hat
seine Rituale. Daran gemessen sind
gute Gedanken erstaunlich formlos.

Mit beiden Beinen steht er im Leben.
Allerdings meistens nur 'rum.

Liebe ist
eigentlich nichts anderes
als die Entscheidung
zwischen Freud und Freude.

Chancen erkennt man oft nur
an ihren Rücklichtern.

Opportunismus?
Das ist nichts anderes
als die Treue zur Macht.

Als amüsant gilt, wer auf bisher
unbekannte Weise langweilig ist.

Es ist ein Irrtum,
die Gedankenfreiheit bis zur Unabhängigkeit
vom Verstand treiben zu können.

Es kommt
heutzutage darauf an,
der Liebe
den Mantel zu halten.
Meistens den Wintermantel.

Wer leichte Träume vorzieht, sollte nicht
unter dem Baum der Erkenntnis schlafen.

Nur wer seine Pflichten
genau kennt, kann ihnen rechtzeitig
aus dem Wege gehen.

Zufriedenheit ist nichts
anderes als der Glaube, allen anderen
ginge es auch nicht besser.

Als der Mensch das Wasser verließ,
kam er ganz schön ins Schwimmen.

Die Gürtellinie
ist eine Grenze,
die offenbar jede
Generation neu definiert.

Kinder werden mit dem Ziel erzogen,
daß etwas herauskommt.
Genügte es nicht schon,
wenn etwas drinnbliebe?

Der Schädel des Menschen
ist rund – damit die Gedanken
die Richtung wechseln können.

Immerhin: Einen Fehler,
den man schon lange macht,
beherrscht man wenigstens perfekt.

Wer aus der Haut fuhr, lebt außer sich.

Romantiker:
ein Aktivist des Selbstbetrugs.

Es lebe der Kopf –
der Kreuzweg aller Überraschungen!

Auch bei der Salamitaktik
geht es um die Wurst.

Wer mit offenen Karten spielt,
gilt nicht selten als Spielverderber.

Man wird alt, wenn man beginnt,
sich noch immer jung zu fühlen.

Als der Mensch keine
natürlichen Feinde mehr hatte,
erschuf er sich den Mitmenschen.

Wir leben alle unter einem Himmel.
Aber nicht alle
haben den gleichen Horizont.

Wozu eine lange Brücke,
wenn kein breiter Fluß vorhanden ist?

Müßiggang ist vieler Freuden Anfang.

Die Gedanken sind frei.
Man muß nur welche haben.

Durch Wohlstand auf den
Hund gekommen,
entdeckt die Menschheit eines Tages
bestimmt wieder das Pferd.

Leben wie eine graue Maus?
Dann wär am Ende alles für die Katz.

Solange Adam allein war,
war der Garten Eden noch ein Paradies.

Glatteis hat einen Vorzug:
da stürzt selbst der,
der sonst immer auf die Füße fällt.

Auch in Sanduhren geschehen Wüsten.

Man findet seinen Verstand nur dort,
wo man ihn verloren hat.

Kein Lob schmeichelt uns mehr
als ein Tadel,
der unseren Rivalen trifft.

Wo Klippen auftauchen,
sind die neuen Ufer nicht weit.

Kampflos in die 3. Runde

Verwirr-Spiele • Fernseh-Spiele
Foul-Spiele

Verwirr-Spiele

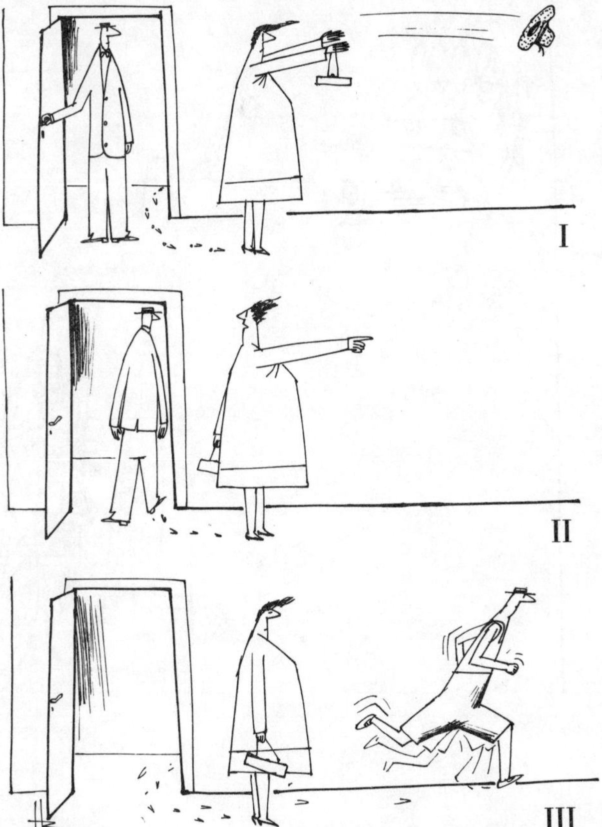
I
II
III

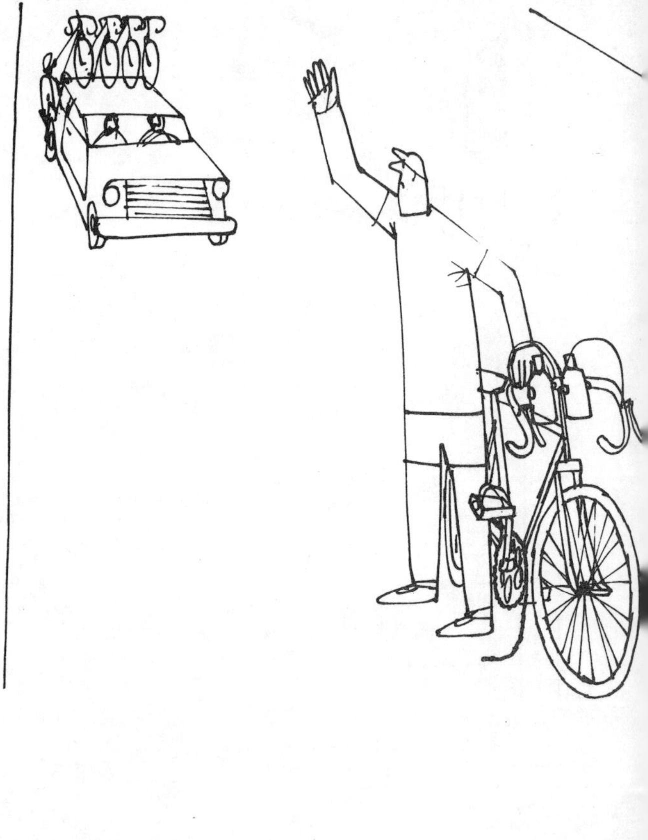

Notaus-
gang

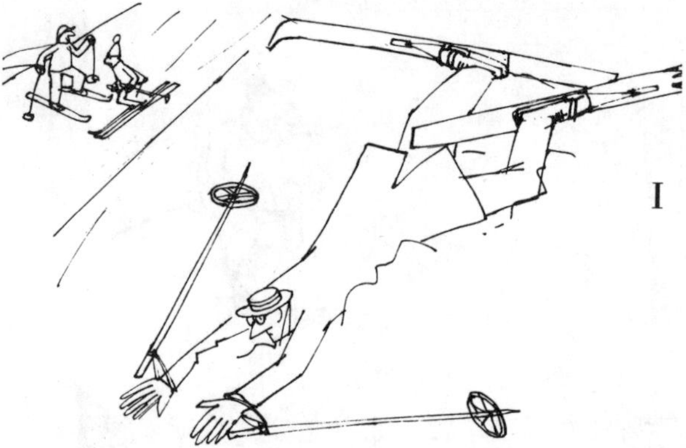

I

II

Ist alles gleich gültig,
wird der Mensch gleichgültig.

In ihrer Entwicklung
machte die Menschheit
mehrere Stadien durch.
Zuletzt die Fußballstadien.

Falsche Warnungen sind immer noch
weniger gefährlich
als falsche Beruhigungen.

Weil wir der ungeschminkten Wahrheit
ungern ins Gesicht sehen,
erfreuen wir uns an den Clowns.

Affenschande!
Das ist nur ein anderes Wort für:
Mensch.

Gut, daß unsere Fußballer
Rückennummern tragen:
So erkennt man sie auch auf
verlorenem Posten.

Im Menschen hat
der Staub Feuer gefangen.

Am Ende siegt die Wahrheit.
Leider
sind wir erst am Anfang.

Olympiade der Hoffnungen:
Dreimal Gold
für Händeringen.

Der Stoff für den Bau
von Luftschlössern ist billig.
Aber die Folgekosten!

Einfache Lösungen sind oft
gefährliche Lösungen.

Mit Stroh gefüllte Ideale enden
als Vogelscheuchen.

Wer immer Herr
über seine Stimmungen ist,
hat bald keine mehr.

Es gibt nichts Schlimmeres
als intelligente Hohlköpfe.

Skeptizismus kann auch Unhöflichkeit
gegenüber Problemen sein.

Sage mir,
was du auf die leichte Schulter nimmst,
und ich sage dir, wer du bist.

Man kann jedes Ziel erreichen.
Wenn man fähig ist, zurückzustecken.

Wir ziehen alle an einem Strang –
als ob er ein seidener Faden wäre.

Jedes Bild braucht den richtigen Rahmen.
Sagt auch der Kleinmütige
und greift für sein Weltbild
nach dem Rahmen des Möglichen.

Berge versetzen wollen viele.
Geröll wegräumen will niemand.

Erkläre eine Meinung zum Dogma –
und schon ist der Regenbogen eckig.

Viele sind oft weniger
als nur ein einzelner.

Mit der Kunst,
Kompromisse zu schließen,
ließe sich allein schon leben.

Unverantwortlich!
Manche leben,
wie es ihnen gefällt.

Unsere Zukunft
besteht zwar aus
verschwommenen Hoffnungen,
dafür aber klaren
Befürchtungen.

Und ob unser Fußball Talente hat!
Manche haben ihrer Mannschaft
fast gewonnene Spiele
doch noch herumgerissen.

Wem das Wasser bis zum Halse steht,
der darf den Kopf nicht hängen lassen.

Er sprach
nur in Andeutungen.
Seine Mitarbeiter sollten
ihm glauben,
statt ihn zu verstehen.

Kann denn die Wahrheit
nackt und rein zugleich sein?

Nur wer das Zeug zu etwas hat,
dem kann man am Zeuge flicken.

Wie soll etwas Hand und Fuß haben,
wenn's an Köpfchen fehlt!

Logik einer Karriere:
Er landete ganz oben — weil
ihm das Höhere nicht lag.

Die immer alles verstehen, haben
nichts begriffen.

Der Mensch steht im Mittelpunkt,
also: immer im Wege.

Zur Archäologie
gehört immer auch
die Grabschändung.

Toll,
diese Schnelligkeit
bei der Nachrichtenübermittlung!
Vor allem
bei Vorurteilen.

Die beste Art, eine Blöße zu verdecken,
ist Schamlosigkeit.

Der Sport hat seine Unschuld
verloren, seit sich Politiker
die Bälle zuwerfen.

Aus den wenigsten Lebensläufen
erfährt man, wie das Leben so läuft.

Eigentlich verstehen nur die
Verlierer,
was das heißt:
ein überwältigender
Erfolg.

Eines beherrschen unsere
Fußballspieler schon ganz gut:
den Seitenwechsel.

Fernseh-Spiele

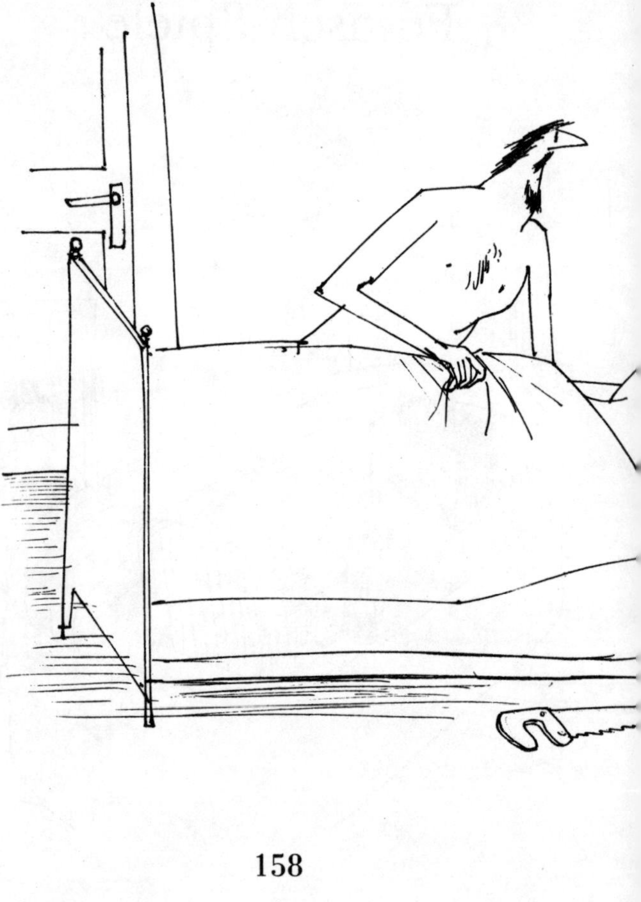

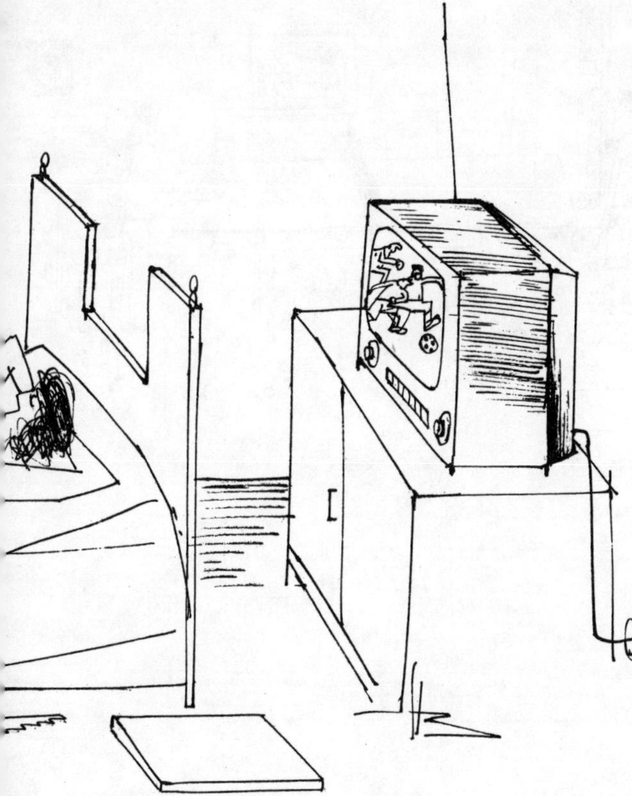

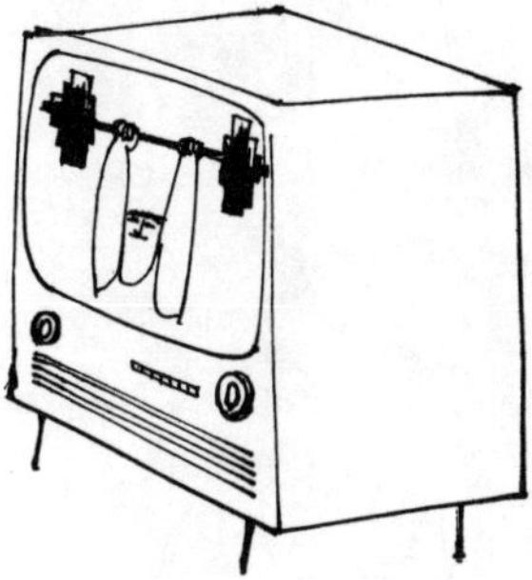

I

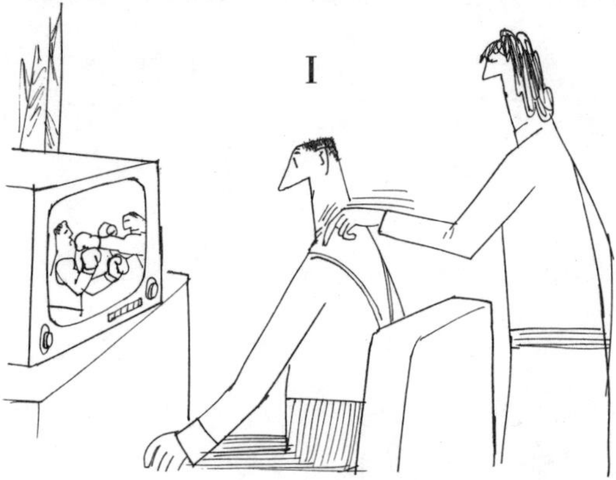

II

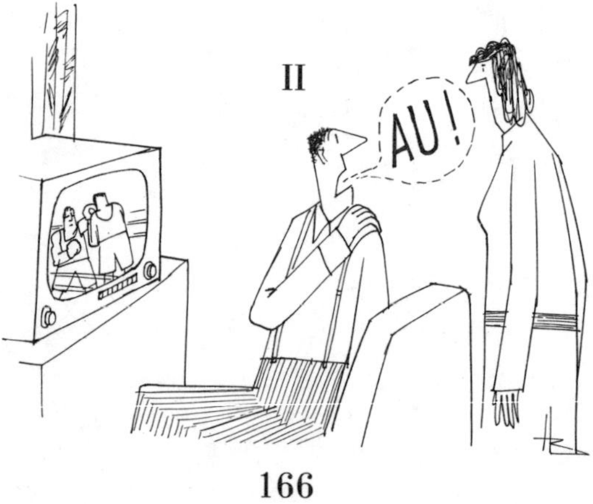

Das Schöne am Fernseher ist,
daß er nicht dauernd fragt:
Hörst du mir eigentlich zu?

Vergeßlichen Menschen
sollte man nicht mal das Ohr leihen.

Der Demagoge denkt mit dem Kehlkopf.

Für Leichtgläubige
beginnt das Paradies
mit dem Kauf
eines Fernsehapparates.

Der Nachtragende
schwankt eines Tages unter seiner Last.

Wer sich selbst auf einen Sockel stellt,
hat wenig Bewegungsfreiheit.

Sein Ehrgeiz war so groß,
daß er sogar mit seiner Ehre geizte,
wenn es der Erfolg erforderte.

Von Leuten ohne Erfahrung
erfährt man mehr.

Ich leide mitunter unter
Wirklichkeitsvorstellungen.

Nur noch der Ungläubige hat
ein Recht auf Wunder.

Das ist der Lauf der Zeit:
Überall Bannmeilen.

Das einzige,
was vom Sozialismus noch läuft,
sind einige Verfahren.

Natürlich haben wir selbst auch Fehler.
Aber wie liebenswert machen sie uns!

Zu einer modernen Ehe gehören drei:
Mann, Frau und Fernsehapparat.

Über unsere Zweifel
sind wir uns im allgemeinen einig.
Was trennt, sind die Überzeugungen.

Im Sommer
zeigt das Fernsehen
weniger Brutalität.
Die Fußballpause
hat eben ihr Gutes.

Der Optimist
hat die Wahrheit noch nicht empfangen.
Der Pessimist hofft noch.

Fünf Finger ergeben eine Hand
und diese eine Faust.
Aber alle Erfahrung lehrt,
daß man damit schlecht arbeiten kann.

Beim Fernsehen ist die Einschaltquote
meist auch eine Einfaltsquote.

Das Fernsehen
reduziert den Kreis der Familie
auf einen Halbkreis.

Wer blendend aussieht, ist es wohl auch.

Warum werden
bei Fußballübertragungen einige
Torszenen nicht in Zeitlupe wiederholt?
Offensichtlich bewegen sich
die Spieler schon langsam genug.

Foul-Spiele

STRAFBANK

„Entweder du philosophierst, oder du treibst Sport!“

Spiel-
straße

STRAFBANK

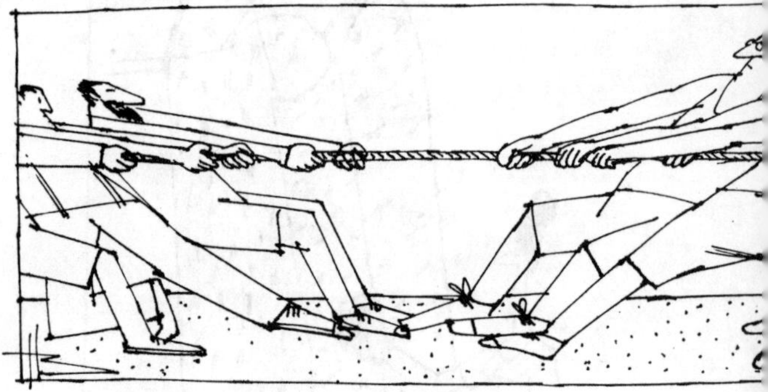

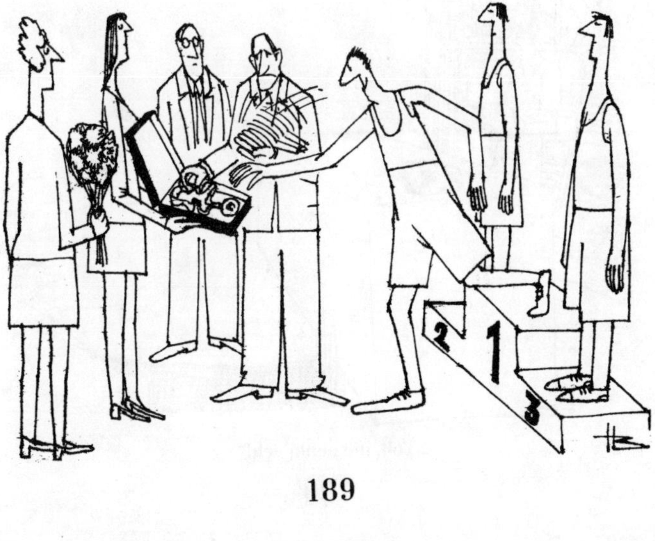
2
1
3

„Toll, die nehm' ich!“

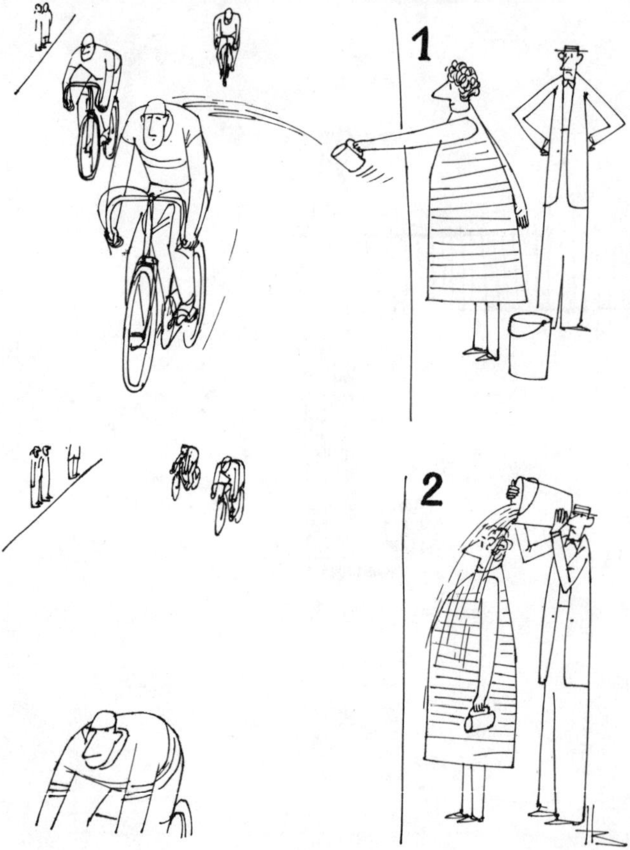
1
2

Der Glaube versetzt Berge.
Und dann alle,
die das glauben.

Man kann nicht alles wissen,
aber wie das Leben zeigt,
kann man über alles belehrt werden.

Er lief seinen Gegnern
bravourös davon.
Allerdings
schon vor dem Start.

Wo jeder glaubt, der Größte zu sein,
triumphiert der Durchschnitt.

In den Händen mancher Autofahrer
wird das Lenkrad zum Schlagring.

Blinde Passagiere
sind besonders stolz darauf,
keine Unfälle zu verschulden.

Derjenige, der sagt: „Es geht nicht!“,
stört den, der’s gerade tut.

Einige beherrschen es bereits
perfekter als der beste Segler:
das Wendemanöver.

„Der wird sich auch noch
die Hörner abstoßen!“
Als ob er ein Rindvieh wäre.

Um es zu etwas zu bringen,
tun einige so,
als hätten sie es schon
zu etwas gebracht.

Die Nieder-Tracht
kommt nie aus der Mode.

Begegne einem Eingebildeten
mit Bewunderung.
Vielleicht ist er verblüfft.

Licht leuchtet immer.
Aber das erkennt man
nur im Dustern.

Nörgler sind die einzigen,
die im Leben das finden,
was sie immer schon gesucht haben.

Lächerlichkeit tötet.
Ja.
Aber ein deutsches Sprichwort
kann das auf keinen Fall sein.

Mißtrauen ist die
bequemste Form der Kritik.
Sie bedarf keiner Anstrengung.

Nachteil der Hygiene:
Während man sich die Hände wäscht,
pflücken andere die Früchte des Sieges.

Selbstgerechtigkeit kennt nur Freisprüche.

Die Lösung eines Problems
ändert nur die Art des Problems.

Unsere kleinste Randgruppe:
der einzelne.

Die Optimisten treiben uns
zum Pessimismus, weil sich viele
ihrer Erwartungen nicht erfüllen.

Auch mit dem Mist,
den man selbst baut,
kann man wachsen.

Ordnung läßt atmen, Pedanterie erstickt.

Man kann mit dem Fortschritt gehen
und dennoch weit hinter sich
zurückgeblieben sein.

Er sieht die Welt
von Tag zu Tag ärmer werden.
Kein Wunder: Er rechnet alles um
auf die Zeit, die
ihm noch verbleibt.

Vielleicht haben wir den
Himmel verloren,
indem wir ihn eroberten.

Das Hoffnungsvollste
an jedem System:
all das, was von ihm
ausgeschlossen bleibt.

Wer verstimmt ist,
findet kaum den richtigen Ton.

Am Ende einer langen Leitung
zündet nicht selten ein Kurzschluß.

Der Spießbürger
stößt sich nicht an den Dingen selbst,
sondern daran, daß man sie
beim Namen nennt.

Rechthaberei ist Ausdruck dessen,
daß einer nicht weiß,
was er selber für richtig hält.

Das Leben ist der Unterschied
zwischen Theorie und Praxis.

Mancher verzichtet zwar auf Ideen,
aber nicht darauf, sie durchzusetzen.

Er hatte nicht
einen einzigen Vorschlag.
Den aber setzte er
konsequent in die Tat um.

Ein wunschloser Opportunist:
Er stimmt allem zu,
weil er sich mit nichts
identifiziert.

Tief und wahr ist nur,
was man verbirgt.
Daher die Kraft der Niedertracht?

Leider schließen wir immer
erst mal die Augen.
Dann erst sehen wir weiter.

Er war ein weitsichtiger Mensch:
Über seine Fehler sah er einfach hinweg.

Toleranz ist der untrügliche Verdacht,
daß der andere recht haben könnte.

Das wäre ein Staatsmann,
der seine Regierungserklärung
mit den Worten beginnt:
Leute, seid glücklich!
Denn leben wir nicht
in fröhlichen Zeiten?

HENRY BÜTTNER

geboren 1928 in Wittgensdorf, wo er heute noch lebt. Gebrauchswerber im Warenhaus Karl-Marx-Stadt. Silvester 1954 erschien die erste Zeichnung im „Eulenspiegel“. Seit 1958 freiberuflich tätig. Bücher u. a.: „Humor aus linker Hand“, «scherzo curioso“, „Der Mann mit dem runden Hut“, „Braco, da capo“, „Gesellschaftsspiele“, „Unsere Menschen aus Protzendorf“, „Capriccio curioso“, „Mit Messer und Gabel“, „Immer feste feiern“, „Das gute Beispiel“, „Concerto glosso“.

HANS-DIETER SCHÜTT

geboren 1948 in Ohrdruf/Thüringen, lebt heute in Berlin. Gummifacharbeiter und Buchhändler. 1973–1989 Redakteur bei der Tageszeitung „Junge Welt". Bisherige Veröffentlichungen: „Ernstfall Frieden" (Epigramme zu Nachrichtenfotos), „Das Trojanische Steckenpferd" (Aphorismen, Mitautor), „Sie werden plaziert" (Aphorismen zu Zeichnungen von Wolfgang Schubert), „Diesseits der eigenen Haustür" (Aphorismen), „Richtfest für Luftschlösser" (Aphorismen).

Nicht durch offene Türen
gelangt man
in neue Räume.
Durch offene Fragen.

Inhalt

ISBN 3-328-00367-3

Erste Auflage
Lektor: Raymund Stolze
Gesamtgestaltung: Dieter Heindorff
Printed in the German Democratic Republic
Lichtsatz: Interdruck GmbH Leipzig
Druck und Binden: Druckerei „Hermann Duncker“,
Leipzig III/18/138
Redaktionsschluß 31. 10. 1989
671 868 3